어서
오세요

멍냥
동물병원
입니다

도미타 키비 지음
현승희 옮김

로그인

처음
뵙겠습니다.

도미타라고 합니다.

어릴 때부터
동물을 좋아해서

전문학교를 거쳐
동물 간호사가
되었습니다.

첫 직장이
동물병원이었어요.

번쩍

번쩍

반짝

반짝

일 잘하는 간호사는
아니었던 것 같아요.

학교에서 배운 대로
되지만은 않아서
실수도 수없이
했습니다….

하지만

정성을 다해
동물을 돌봤습니다.

매일 뭔가
일이 생겼고,
똑같은 날은
하루도
없었답니다.

지금은
현장을
떠났지만

그때 같이 일했던
병원 멤버들과
지금도 가끔
모여서

그때
모코가
있지~

맞아,
그랬어.

그 시절의 동물들
이야기를 계속
한답니다.

이야기하다 보면
어제 일처럼
떠올라요.

타로도
귀여웠죠~

그
동글동글한
자태…

하아…

빠르게
지나갔던
매일매일.

도미타가
물려서
피 본 애지?

헐,
엄청 잘
기억하네!

3

그들과 보낸 날을
하나씩 떠올리며
이 만화를 그렸습니다.

개와 고양이와
(가끔 토끼와 개구리도)
사람과 동물병원의
이야기예요.

함께해주시면
감사하겠습니다.

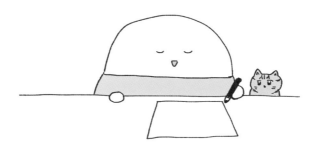

CONTENTS

제1장

동물병원 신규 간호사의 탄생!

오늘도 하루가

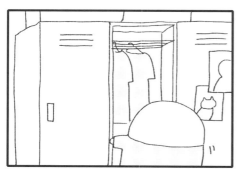

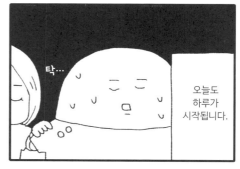

아침 업무

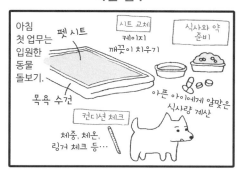

아침 첫 업무는 입원한 동물 돌보기.

펫 시트

목욕 수건

시트 교체
케이지 깨끗이 치우기

식사와 약 준비

아픈 아이에게 알맞은 식사량 계산

컨디션 체크
체중, 체온, 링거 체크 등…

우오오오오오~

파바바바박

칙

칙

장하다.

살랑 살랑

오오, 모모. 다 먹었네.

우오오오오오~

쏙

뻑

앗, 물 엎었구나.

축축

약 한 번에 먹자~ 오! 잘한다.

식사 나왔습니다!

오오…

오오

여기!

위치도 이쪽이 나으려나.

좀 더 꽉 고정시키고….

동물들이 쾌적하게 지낼 수 있는 환경 조성도 중요한 업무랍니다.

넥카라를 하고 있어도 마시기 쉽도록 높이 조절

9시 반, 진료 시작.

다나카 씨 들어오세요

종종 시작도 전에 만신창이가 되곤 해요.

하

해냈어…

아, 안 늦었다….

하아

11

동물 간호사의 업무

우리는 동물 간호사.

이름 그대로 동물 전문 간호사입니다.

펫 시트 ←

소독액 →

← 체온계

주된 업무는 수의사 선생님의 진료 보조.

착하지~

선생님이 진찰하기 편하도록 서포트 합니다.

그 외에도

약 준비

수술 보조

입원 동물 돌보기

등등...

아침 시트 교체 끝.

옷 갈아입어.

체력이 엄청나게 필요한 일입니다....

구리 °°°

보정의 세계

보정이란 동물이 움직이지 않게 잡는 일입니다.

진찰을 원활하게 하기 위한 기본 업무지요.

'잡기'만 하면 될 것 같지만 보정의 세계는 심오합니다.

착하네~

그냥 힘만 가지고서는 잘 안 돼요.

특히 성격이 거친 애들은 꽤 힘들어서

으르르~ 멍멍

아이고

주인 ↓

와앗

그럴 땐 초베테랑이 등장합니다....

비켜 볼래?

오오오...

너덜

죄송해요.

날아다니는 고양이

보정의 세계는 심오하다고 했는데요, 개보다 고양이가 더 어렵습니다.

고양이는 개보다 작고 힘도 약하지만

날아다닙니다.

이러면 손을 쓸 수가 없어서 진정하기를 기다릴 수밖에 없어요.

문닫아!

와장창

움직임도 몸도 유연한 고양이는 놀라지 않도록 유의하여 내원해주세요.

안전망 →

채혈도 쉽도록!

아이돌 타로

타로.

냠

냠

신장 질환 때문에 매주 주인이 데려와서 링거를 맞힙니다.

으르렁거리긴 하지만 기본적으로 얌전해서 병원의 아이돌 같은 고양이에요.

하지만

많이 먹었네~

콰앙

아얏!

움직임이 느린 타로에게 물린다는 건 실력이 부족하다는 의미입니다. 타로는 신규 간호사가 통과해야 할 관문이지요.

DANGER

얼굴 주변은 타로 존(zone)이라 가까이 가면 물립니다.

초대형견 진료

물리적으로 감당하기 어려운 동물은

그레이트 피레니즈, 약 50kg

진료를 싫어하는 초대형견입니다.

혁 혁 혁

귀 청소 요청사항

척

내가 잡을게.

후지이 씨는 귀 청소를 해줘.

할 수 있지?

너무 커서 진찰대에 올리면 귀가 보이지 않아요. 그래서 바닥에 둔 채 진료를 보기도 합니다.

슬금...

슬금...

자!!

덥 썩

꼬리 잡기 담당
↓

네, 네!

선생님, 빨리!

두 덩이서 덮치기

확

끝났어요!

좋아, 잘했어.

남은 세정액
↓

푸르르 푸륵

확 익 으악

부

웅

전원 환복 엔딩

개운

귀 청소

귀 치료와 청소를 목적으로 내원하는 경우는 아주 많습니다.

귀 청소 세트

점이액

농반

면봉

세정제

귀거울

다른 부위를 진찰하다가 겸사겸사 요청하기도 있어요.

우리 병원은 수의사 선생님이 적어서

부탁해도 될까?

진료 차트의 산

선생님이 다 하기엔 한계가 있어, 간단한 귀 청소는 간호사 혼자 하기도 합니다.

귀 청소 순서는
① 세정액으로 이물질을 불린다.

② 면봉으로 이물질을 닦는다.

③ 필요에 따라 점이액을 넣는다.

④ 도리도리를 피한다.

샤삭

샥

마지막까지 방심은 금물.

후지이 엄마

마취 시작할게요.

준비해 두었습니다.

척

척

스스로에게 엄격하고 무척이나 성실한 후지이 씨.

노력형에다 상냥하셔서

모르는 게 있으면 물어봐.

네.

선생님들도 의지하기 일쑤!

후지이 씨.

후지이 씨.

그리고 어느샌가

엄ㅁ… 후지이 씨!

후지이 엄마!

하지 마~

아주 싫지는 않은 듯

서툴러

입사하고 바로 배운 것 중 하나가

동기가 한 명 있음 →

약을 준비하는 일이었습니다.

MEMO

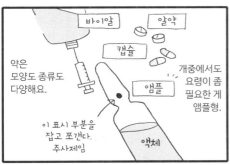

바이알

알약

캡슐

약은 모양도 종류도 다양해요.

앰플

개중에서도 요령이 좀 필요한 게 앰플형.

이 표시 부분을 잡고 쪼갠다. 주사제임

액체

작은 유리병을 맨손으로 잡고 쪼개야 해요.

짝

빡

앗.

익숙해지면 간단하지만….

후지이 씨, 죄송해요…. 부숴버렸어요.

실수하는 사람은 많지만 그렇게까지 산산조각 내는 사람은 처음 봤어.

손 씻어

피

동기 아즈마

아즈마.

제 동기인 신규 간호사입니다.

실은 같은 전문학교 출신이지만 학교에서 얘기해 본 적도 없고 (반이 네 개 있었음)

과묵

솔직히 무슨 생각을 하는지 알 수 없는 사람이었어요.

지난번에 선물 고마웠어.

그랬는데….

슥

이거 답례야.

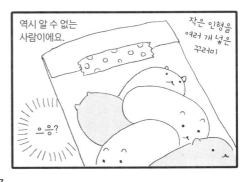

역시 알 수 없는 사람이에요.

작은 인형을 여러 개 넣은 꾸러미

으응?

봄

봄—
동물병원이
가장 바빠지는
계절.

왜냐하면

'사상충 예방'이랑
'광견병 주사' 등

피가 굳지 않도록
흔든다
↓

아무튼
내원
횟수가
많습니다.

게다가
사상충은
혈액 검사를
실시하기
때문에
무한 채혈 지옥이
스태프를
덮칩니다!

절대 틀리지
않도록 유성펜으로
이름을 적는다

○○가
사상충만
하고

△△가
생화학
검사까지
….

게다가
아기
고양이
대란
시즌
이기도
하지요.

근처
길냥이가
네 마리
낳아서요.

냐

냐아

과당—!

혈액 검사 1

혈액
검사
순서

① 채혈.

② 수의사 선생님의
지시대로 간호사가
혈액 검사를 실시,
선생님은
다음
진찰을
한다.

1년 만이니
신장 수치도
좀
볼까?

예썰

실패는 용납되지 않는다.

쭈욱

실패는 용납되지 않는다.

18

혈액 검사 다음 순서

③ 한정된 혈액으로 몇 종류의 검사를 실시.

④ 선생님에게 결과 보고, 반려인에게 알림.

BUN

저, 저기 ... 요 ...

처음엔 혈액 분배를 잘 못해서

...

실수를 자주 했습니다.

왜?!

저기 ...

그러니까 ...

피가 ... 모자라는데요 ....

우물

쭈물

남은 피가 없음 →

...

망했다 ...

누군데?

어? 아예 없어?

... 힐끗

...

아 수 라 장

하루요 ....

물기 대마왕견

싸악

죄송해요.

원내 동물

두 번이나 미안해, 하루

잘 참았어

좀 갑작스러운 이야기지만, 동물병원에는 아파서 오는 내원 동물뿐 아니라 병원에서 기르는 '원내 동물'이 있는데요.

기본적으로 내원 동물과는 다른 층에서 생활한다

하루에겐 파나멕틴 (예방약) 처방해줘.

네에.

진료 차트

'여차할 때 수혈에 협력해줄 수 있는 건강한 동물' 이라는

포지션을 맡고 있죠.

파나멕틴, 파나멕틴 ...

앗, 재고가 없다! 2층에 가지러 가야지.

우리 병원의 멤버는

그냥 옛날부터 있던 토끼 ♀

WHY

소개 합니다!!

이미 졸업이 결정된 토라

원장님의 반려동물 개구리

그리고 ...

WHY

... 2층 ... 추一웅...

KEEP OUT

에이타로

우리 신규 간호사들이 제대로 출입하기까지 몇 달이 걸린 곳.

2층의 원내 동물방.

비품이나 사료, 그리고 약 재고도 여기 있음

에이타로. 세 살, 달마시안. 수컷.

얼굴은 완전 잘생김

병원 간호견으로 데려왔는데

들어가기 전부터 선배들의 태도로 '위험할 것 같다'는 느낌은 있었어요.

음~ 아직 이르려나.

방심했다가 당했어~

덜

덜

자라면서 모르는 사람에겐 엄청 짖는 맹견이 되었어요.

컹

큰 몸집과 낮은 목소리 때문에 박력이 장난 아닙니다.

컹

컹

시… 실례 합니다….

컹 컹

평소 줄에 매여 있긴 하지만

보기만 해도 몸이 굳어요.

으르릉

덜

← 꼼짝도 않는 다른 동물들

덜

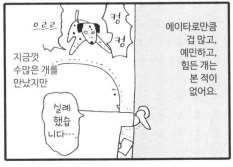

으르르

컹 컹

지금껏 수많은 개를 만났지만

실례 했습 니다….

에이타로만큼 겁 많고, 예민하고, 힘든 개는 본 적이 없어요.

간식 작전

그리하여 에이타로와 친해지기 작전이 시작되었습니다.

산책 다녀올게요~

슬금...

잠깐만요.

작전 2. 문제의 2층에서.

안녕~

슬쩍...

방에 들어갈 때는 눈 마주치지 않기.

앙카

움찔

중요

작전 1. 먼저 산책으로 기분이 좋을 때.

기분 최고 ♪

에이타로.

2층 아닌 곳에서는 안 짖음

문을 열었는데 짖지 않으면 제1관문 돌파 (운으로).

스캔 중

아직 방심은 금물. 일거수일투족에 신경을 쓰면서

데굴...

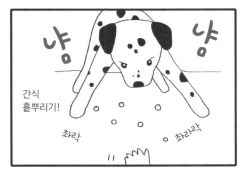

냠

냠

간식 흩뿌리기!

좌락

촤라라락

아니, 멀어.

냠

계속해서 스캔 중

절대 눈은 마주치지 않기. '잘은 모르겠지만 간식 주는 사람'으로 기억시킨다!

MASAMUNE

어느 날, 외국인 여성이 강아지를 데리고 찾아왔습니다.

안녕하세요

진찰 결과, 암컷으로 밝혀진 마사무네.

마사무네~?!

오마이갓

첫 진료 시군요. 이름은 … '마사무네.' (남자 이름)

멋진 이름 이네요!

진료 차트

마사무네… 이름 어떡해요.

음, 글쎄. 남자애인 줄 알고 지어준 모양인데 ….

마사무네, 착하구나~

씩씩하네~

음?!

굿 보이, 마사무네~

충격 받지 않았으면 좋겠네요.

그러게.

마사무네, 여자애예요.

한 달 뒤.

이야~ 그땐 깜짝 놀랐어요!

일본인 남편

여자애라도 마사무네는 마사무네예요 ♪

새삼스럽지만 잘 부탁해!

24

판단 불가

두! 두

대기실

크다 멋져 번쩍 ✦

오래 기다리셨죠.

드륵

포포, 들어 오세요~

앗.

잠깐만요.

가자, 응?

개는 겉모습으로 판단 불가….

소파 밑에 숨었음 ↑

맨날 죄송해요.

무거워

끼— 잉

으아아

늘 마지막에는 이 상태로 진찰실에 들어옴

잡무

간호사에게는 보정이나 진찰 보조 외에도 각자 배정받는 잡무가 있습니다.

후지이 씨가 배정함

병원에는 사료만 사러 오는 분도 있습니다.

OO컨트롤

2kg

샘플도 한가득

병원에서 판매하는 사료는 대부분 병이나 건강 상태에 맞춘 의료식 입니다.

심질환

예를 들어 오카모토 씨는 수술실 관리.

기구 체크나 청소 등.

유통 기한에 주의하며 재고가 떨어지지 않도록 주문을 넣습니다.

아즈마는 검사 기구 관리.

정기적인 소독이라든가

후지이 씨는 전반적인 케이지 관리 등.

대개 전화로 주문하는 분들이 많은데, 사료가 병원으로 배송되면 가지러 오십니다.

△△1kg이요. 사흘 뒤쯤 올 것 같아요!

그리고 제가 배정받은 일은

사료와 약의 재고 관리 였습니다.

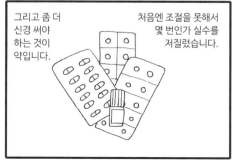

그리고 좀 더 신경 써야 하는 것이 약입니다.

처음엔 조절을 못해서 몇 번인가 실수를 저질렀습니다.

발주 미스

어느 날 진찰 후.

린 약은 이걸로 준비해줄래?

진료 차트

네!

응? 이건 별로 안 쓰길래 요즘 발주를 통 안 했던 약이네!

어떡해~!

진료 차트

엇, 그럼 곤란한데. 으음… 비슷한 계통의 약을 써야겠다.

대체가 안 되는 약도 있으니까 주의해야 해.

정말 죄송합니다.

네…!

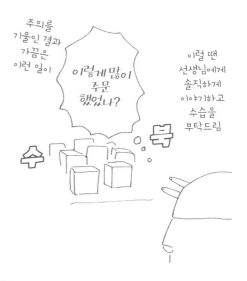

주의를 기울인 결과 가끔은 이런 일이

이렇게 많이 주문했었나?

이럴 땐 선생님에게 솔직하게 이야기하고 수습을 부탁드림

약이 떨어졌다는 건, 병에 따라서는 무척 심각한 일입니다.

앞으론 넉넉하게 확보해두자.

제 일이 생명과 관련되어 있음을 다시 한번 되새긴 사건이었습니다.

준비

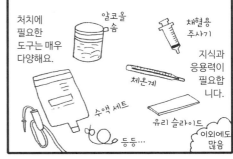

특훈의 성과?

한동안 저는

에이타로를 만날 때마다 간식을 계속 주었습니다.

요즘엔 별로 안 짖네?

헤헤, 반반 이에요.

대단 하네!

산책 다녀오겠 습니다.

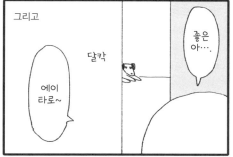

그리고

에이 타로~

달칵

좋은 아….

이른 아침엔 늘 무서운 표정

…

조금씩이긴 하지만 짖는 횟수가 점점 줄어들었습니다.

차분

아즈마… 같은 시기에 특훈을 시작했는데.

목줄을 직접 채우다니… 이럴 수가….

동갑에 동기라는 이유로 저는 아즈마를 살짝 라이벌로 여겼어요.

크흑

안전을 생각해서 산책 중 입마개는 필수

윽, 어떻게 목줄이랑 입마개를 채울 수 있지? 대박!

움찔

내가 방에 들어갈 때도 짖지는 않지만

으르르

벌렁

목줄을 채우는 거리까지는 무서워서 못 가겠어.

움찔

앉아

링거 맞는 중인 타로

타로… 어떡해야 나도 에이타로랑 더 친해질 수 있을까….

아즈마!

울지 마라

냐앙

목줄 어떻게 채웠어?

가르쳐 줘!!

좋아.

한 발 앞서 나가는 아즈마에게 요령을 배우기로 했습니다.

입마개를 고정시키면 끝.

그 기술, 훔쳐 주겠어…!

먼저 사료랑 입마개를 준비해.

촤락

다시 방으로 데려옴 →

이…,

이럴 수가….

이 상태에서 목줄 채우기는 꽤 쉬워

입마개 끝에 사료를 세팅하면

2

에이타로가 공격할 수 있는 구역 안에 들어가는 것 자체가 공포인데 그렇게 자연스럽게….

어쩌구 저쩌구

이 무슨 강철 멘탈인가!

이러쿵 저러쿵

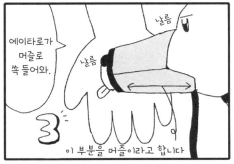

날름

날름

에이타로가 머즐로 쏙 들어와.

3

이 부분을 머즐이라고 합니다

참고로 오카모토 씨는 이걸 다르게 해보려다가 물렸대.

가랑이 사이로 입마개 채우기

그런 얘기는 안 듣고 싶은데….

또 그런 위험한 짓을

31

에이타로 공략법

힘내~

고마워!

'원숭이랑 눈을 마주치면 안 된다'
'곰을 만나면 눈을 피하지 마라' 등

동물 대처법에서는 '눈'에 관한 기록을 흔히 볼 수 있습니다.

원숭이

곰

아즈마… 오래 이야기 한 건 처음인데

멋대로 라이벌 취급해서 미안

굉장히 좋은 사람이네.

동기 사이가 조금 깊어 졌고

저는 그 방면의 전문가가 아니기 때문에 그냥 제 생각이지만

'눈'의 움직임은 에이타로에게도 긴장감을 크게 좌우하는 요소였던 것 같습니다.

다음 날 다시 도전!

좋은 아침~

샤사삭

눈이 마주치면 그다음 태도를 의심한달까요….

빠안
· · ·

에이타로는 특히 사람의 섬세한 마음을 읽어내는 능력이 정말 탁월했어요.

정면으로 마주 보면 모든 것을 간파당하는 기분이었습니다.

쿵…

그래서 저는 눈을 마주치지 않고 '옆'에서 공략하기로 했습니다.

우도 안녕~

덜컹

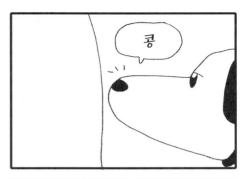

콩

아침엔 우도 실내에 풀어줌

깡총

콩 콩

엄청난 시선이 느껴지지만

전혀 신경 안 쓰고 뛰어다니는 우

평정심...!

좋아 케이지 닫자

쏘옥

입마개

슬금 콩

슬금

우적 우적

건초 →

조금씩이긴 하지만 확실하게 마음의 거리가 가까워지고 있었습니다.

끼~~잉!

33

곤란한 일

어느 날, 젊은 남자 분이 아기 고양이를 데리고 왔습니다.

아기 고양이를 주웠다고요….

진료 차트

네.

진찰대 위에 올려주시겠어요?

아무튼 돌아가긴 가야 해요.

우선 좀 맡겨도 될까요?

일단은 입원 치료라서 입원비도 들 텐데 괜찮으시겠어요?

어머, 고양이 감기네요.

큼 썽

괜찮습니다, 그렇게 해주세요.

조만간 연락 드릴 테니 이 아이를 잘 부탁 드려요.

왠지 눈도 한쪽밖에 못 뜨고

콧물이랑 눈물이 엄청나요, 그리고….

으쌰

냐아

꾸벅

사실 제가 출장 중이라 내일 ox시로 돌아가야 해요.

어쩌죠….

어쩌나요….

참 좋은 분이네요. 입원비가 꽤 나올 텐데… 어쩌려는 걸까요.

아무래도 이 근처에서 키울 사람을 찾지 않을까?

냐아

5월의 사츠키

남자 분이 연락할 때까지 병원에서 돌보게 된 아기 고양이.

매일 안약

5월이니까 사츠키

'사츠키'라는 임시 이름을 지어주었습니다. 다행히 에이즈도, 백혈병도 음성이라

※사츠키: 일본어로 5월

한쪽 눈은 결국 유착되어 보이지 않게 됐지만

※ 유착: 원래 분리되어 있는 부위가 염증 등에 의해 붙어버리는 일.

몸은 금세 건강해진 사츠키.

언제든지 상태를 볼 수 있도록 진찰실과 가까운 케이지에 입원시켰는데

냐옹~

허둥

피 검사

지둥

애교가 넘쳐서 다들 무척이나 귀여워 했습니다.

귀여워~

진짜 귀엽다.

냐옹

꼼지락

꼼지락

그중에서도 저는

다 됐다….

사람을 무척 잘 따라서 금세 병원의 힐링 마스코트가 되었습니다.

하아….

사츠키….

발2해

저기, 피검사 아직이야?

호화 저택, 사츠키 하우스.

박스로 만든 집

사츠키

너무 공들인 거 아냐?

더 홀딱 빠져 있었어요.

35

헤어지는 날

그날은 순식간에 찾아왔습니다.

오랜만입니다.

여기요, 이제 완전 건강해요. 잘됐다, 오늘부터 새집에서 사는 거야.

지금까지 정말 감사했습니다.

직접 키우기로 하셨군요.

네, 전에 살던 집이 반려동물 금지라서, 키울 수 있는 환경을 만드는 데 시간이 걸렸어요.

네에?

행복하게 키울게요.

이 아이를 데려가기 위해 이사했어요! 캣 타워도 샀죠.

이제 겨우 입양할 수 있게 됐어요!

....

...건강하렴.

글쎄...

그렇구나!

안녕, 사츠키.

분명 앞으로 만날 일은 없겠지만 먼 곳에서 착한 주인과 부디 행복하길….

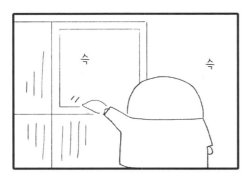

토닥
스윽…

이사까지
했잖아.
분명 행복하게
지낼 거야.

네…!

의외로
금방 다시 만났음

네?
중성화 수술을
저희 병원
에서요?!

여기
다른 지역
인데요?

우리 병원을
너무 좋아하시는데요?

미묘가 되었어요

취향 1

동물병원 스태프 모두 동물을 좋아합니다.

그래도 역시 저마다의 취향이 있지요.

전 완벽한 고양이파예요. 특히 토실토실한 젖소냥이가 좋아요.

앗, 나는 검은 고양이!

번쩍

닥스훈트

난 코가 납작한 개. 프렌치 불도그가 최고야.

후지이 씨는요?

어… 나는 늙은 개…?

그 온화한 느낌이…

알아요….

다들 옛날부터 동물과 같이 살았기에 할 수 있는 공감입니다.

끄덕

취향 2

원장님 취향은 보스턴 테리어나 프렌치 불도그처럼 '코가 납작한 개'.

평소엔 차분하다 못해 건조하기까지 한 원장님이지만….

다음 환자는…

멍멍↑↑

앗?!

차피잖아! 들어오세요!!

진료 차트

차피~! 많이 컸구나. 쿠키 줄게.

움찔 움찔

쓰담 쓰담

선생님, 많이 주시면 안 돼요!

진찰 후

귀여웠어…

너무 빠지신 거 아녜요?

소근

진료 차트에 그린 차피 그림 ↓

차피

푹 빠졌지….

물론 진찰은 평등하게 합니다!

제2장

동물병원의 하루

병원의 하루

바쁜 날 편

한가한 날 편

아침

환자가 안 오네요….

한 적

비도 오니까 ….

점심

오늘 수술 없음!

수술도 없네요….

홈페이지 개편이라도 할까….

나도 알코올 솜 만들어 야지….

저녁

우후후…

아하하

오늘 빨리 끝났는데 고기 먹으러 갈 사람~

음… 어떤 날이든 일이 끝난 후 먹는 밥은 최고예요!

한잔하고 난 후에는, 늘 집이 가까운 사람이 병원에 들러 입원 동물의 상태를 보고 집에 갑니다.

우글우글

메모

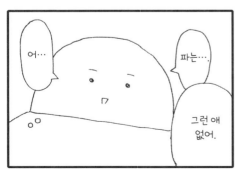

토끼 우

초여름.

…

저는 어떤 작업에 열중하고 있었습니다.

…

뻐

응

우는 까만 토끼예요.

저보다 훨씬 오래된 병원의 고참 멤버 입니다.

건초 →

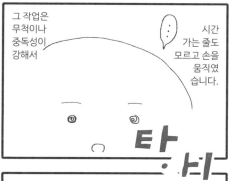

그 작업은 무척이나 중독성이 강해서

…

시간 가는 줄도 모르고 손을 움직였 습니다.

타

닥!

에이타로가 짖어도 전혀 동요하지 않고, 에이타로도 우를 신경 쓰지 않아요.

마치 서로의 존재를 무시하는 듯.

Zz

아무렇지 않게 눈앞을 지나감

깜 짝

그만 좀 해라

응? 뭐 해, 우?

하지만

덜그럭

덜그럭

빤히

↑ 사료가 든 그릇

우의 겨울털 정리.

미, 미안. 우.

털갈이 시기가 되면 털이 대거 빠지므로 빗질을 해주거나 엉킨 털을 떼어내준다

핫 …

탕!

탕!

자기한테 필요 없는 밥 (사료 싫어함)을 에이타로한테 주고 있어…?

자연스러운 연대 플레이.

촤르륵

합

능숙한 범행

날름

합

날름

45

원내 동물 개구리?

다들 중독

미아 시바견

우라타 씨, 안녕하세요. 오늘은 약뿐이죠?

응, 응. 오늘 덥네.

시바견

전혀 몰랐구만~

여기 약이요

고마워

우라타 씨….

사람을 잘 따르네.

어디서 왔니?

여기 오고서 한 번도 화장실을 안 갔어. 밖에 나가볼래?

새 강아지 키우기 시작하셨어요?

잠깐 외출 다녀오겠습니다.

너 누구여?

콰당~!

쏴·ㅏ·ㅡ·ㅅ

으앗~! 병원을 한 발 나서자마자 쉬아를 왕창!!

철벅

철벅

그렇게 참고 있었구나?

병원 앞에 쉬야를 하면 다른 동물들이 냄새에 신경 쓰기 때문에 깨끗하게 청소

실내에서는 쉬야를 안 하는 아이일까요?

길 잃은 동물을 보호할 때, 먼저 확인하는 것이 있습니다.

목줄에도 이름이 없네.

마이크로 칩이 삽입돼 있으려나.

이렇게 주인을 찾을 때까지 병원에 머물게 된 미아견.

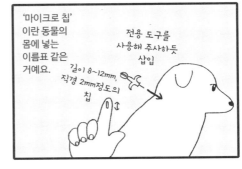

'마이크로 칩'이란 동물의 몸에 넣는 이름표 같은 거예요.

길이 8~12mm, 직경 2mm정도의 칩

전용 도구를 사용해 주사하듯 삽입

현관에서 쉬야 하면 곤란하니까

타닥

후다닥 뛰어서 현관을 통과하는 작전!

전용 스캐너로 데이터를 읽어서, 관련 사이트에 접속하면 등록 정보를 확인할 수 있습니다.

겉으로만 봐서는 마이크로 칩 삽입 여부를 확인할 수 없지만

실패.

우뚝···

멈칫

주르륵

엑스레이로 확인이 가능합니다.

찰칵

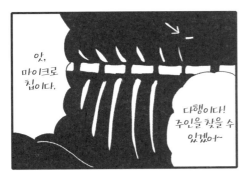

앗, 마이크로 칩이다.

다행이다! 주인을 찾을 수 있겠어~

오늘은 시간이 늦어서 내일 아침에 주인이 데리러 오기로 했습니다.

자기 전에 마지막으로 볼일 보러 다녀올까? 현관 지날 때까지 참을 수 있겠니?

그거 말인데요.

데이터를 스캔해서…

등록 정보… 있다!

저 아주 좋은 작전이 떠올랐어요.

먼데?

좁다

안는 거예요! 안아서 현관을 빠져나간 다음 좀 떨어진 곳에서 내려주는 거죠!

오오~! 좋다.

안녕하세요, 저희는 ox시에 있는 동물병원인데요….

찾아서 다행이다.

그럼 마지막 볼일을 보러 갈까?

으 쓰쓱

수

마이크로 칩의 보급률은 높지 않습니다.

하지만 재해 등 '만약'의 경우엔 무척 요긴하게 쓰일 수 있답니다.

빠ㅏ

ㅏ이

마이크로 칩

마이크로 칩이란 동물의 신분을 증명할 수 있는 전자 태그를 가리킵니다.
열다섯 자리 숫자가 기록되어 있으며, 전용 스캐너로 칩을 읽어서 데이터를 조합하여
개체를 식별할 수 있습니다. 스캐너는 동물병원이나 보호 센터 등에 있습니다. (없는 곳도 있습니다.)

\ 이런 일도 있었습니다. /

제가 다니던 전문학교에
보건소에서 데려온 '이치'라는
개가 있었어요.

이치는 2년간 전문학교에서
돌봄을 받다가, 졸업생이
데려가면서 사육견 생활을
끝냈습니다.

그리고 어느 날, 주인이 된
졸업생이 취직한 동물병원에서
이치의 엑스레이를 찍었는데…

웬걸,
이치의 몸에는 마이크로 칩이
삽입되어 있었어요.

사실 이치는 길을 잃은 후 보건소에서 보호되다가 그대로
동물간호 전문학교로 인계된 개였던 거예요. 이를 계기로
몇 년 만에 원래 주인과 연락을 취할 수 있었습니다.

※ 원래 주인과 현재 주인인 졸업생이 서로 상의한 끝에,
　 이치는 그대로 졸업생이 맡기로 했어요.

시간이 좀 걸리긴 했지만, 마이크로 칩을 장착하지 않았다면
이루어질 수 없었던 재회가 실제로 일어났다는 이야기입니다.

방문객의 상자

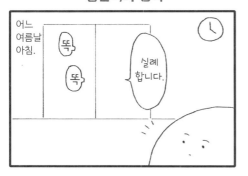

어느 여름날 아침.

똑

똑

실례합니다.

....

어라? 저 봉투 뭐야?

고양이를 주웠는데요.

죄송해요, 아직 진료 시작 전이라….

30분쯤 후에 시작하는데 급하지 않으시면 그 이후에 와주실 수 있을까요?

… 알겠습니다.

뭐가 들었지? 잠깐만, 뭔가 안 좋은 예감이 드는데….

저도 ….

슬쩍…

꽉…

어라… 그러고 보니 그분, 다시 왔던가?

허둥

지둥

응?

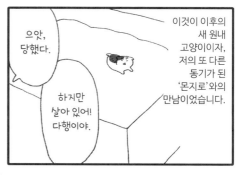

으앗, 당했다.

하지만 살아 있어! 다행이야.

이것이 이후의 새 원내 고양이이자, 저의 또 다른 동기가 된 '몬지로'와의 만남이었습니다.

매일매일 조금씩

거기 있던 것은 아직 눈도 못 뜬 작은 아기 고양이.

아기 고양이 돌보기는 정말 힘들어요.

특히 이유식 전의 아기 고양이는 두세 시간 간격으로 분유를 주고 배설을 도와줘야 하지요.

꿀꺽

꿀꺽

체중이나 상태로 보면 생후 1주 정도.

귀 접힘

케이지에 넣기엔 너무 작아서

눈 안 떴음

탯줄

체중 70g

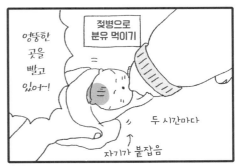

젖병으로 분유 먹이기

엉뚱한 곳을 빨고 있어~!

두 시간마다

자기가 붙잡음

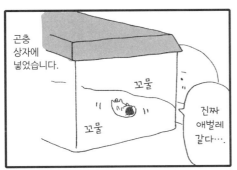

곤충 상자에 넣었습니다.

꼬물

꼬물

진짜 애벌레 같다….

냐아―!!!

싫어함

응가가 안 나오네.

매일 두 번 체중 체크

체중이 늘었다!

적신 휴지로 자극을 주어 배설

바빠지겠네….

아득한 눈

그러게요….

이 패턴이 24시간, 한밤중에도 이어집니다.

밤에는 교대로 집에 데려감

두세 시간 마다 아기 고양이 돌보기.

덩그러니~

물론 진찰 중에도 예외는 없습니다.

축·눈 떴습니다·뜸

짝 짝 짝 짝 부들 부들

아기 고양이는 부지런히 영양을 보충하지 않으면 바로 저혈당이 되기 때문이죠.

꼴깍 꼴깍

※저혈당이란: 영양 부족 상태를 가리키는 말. 최악의 경우 목숨이 왔다갔다 하기도.

갓 눈을 뜬 아기 고양이의 눈동자는 푸른색으로, 이 현상을 '키튼 블루' 라고 부릅니다.

생후 2~3개월 무렵까지만 볼 수 있는 기간 한정 색이지요.

하지만 조금씩

왓

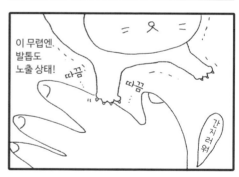

이 무렵엔. 발톱도 노출 상태!

따끔 따끔

간지러워

눈 뜰 것 같아~!!

앗, 진짜다!

매일매일 분명히 성장하고 있었습니다.

아기 고양이의 성장은 무척 빨라서 매일 눈을 뗄 수 없을 정도랍니다.

쑥쑥 크렴.

이름 짓기

이런저런
이름의 유래

에이타로
막 태어났을 무렵 교배처에서
'A, B, C…'로 부르던
이름에서 유래.

우
토끼[1]라서. 병원에 갓 왔을 때의
임시 이름은 '체이오.'[2]
(앓던 병명에서 유래.)

토라
차토라[3] 종류라서.

지로(가명)
우리 병원에 온 미아견은 대개
'○대째 지로'라고 부른다.

 덧 동물 간호사 친구에게 들은 이야기로는
약품에서 유래된 이름도 많습니다.

\ 형제 /

프린과 페란
위약 '프린페란'에서
따옴.

솔루렉트
젖산 링거액
이름에서 따옴.

---

1) 토끼는 일본어로 우사기
2) 기생충성 피부 질환 체리레티오시스를 줄임
3) 줄무늬 치즈냥이 종류

제3장

두근두근!
긴장되는

수술실

수술실 첫 보조

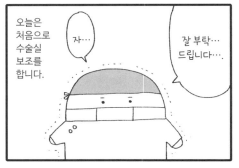

오늘은 처음으로 수술실 보조를 합니다.

자…

잘 부탁… 드립니다….

수술에 참여하는 간호사는 선생님 보조와 마취 관리를 합니다.

선생님은 수술복을 착용

간호사는 수술 모자와 마스크

응, 잘 부탁 해요.

수술복을 입은 선생님은 청결하게 멸균된 것 외엔 만질 수 없기 때문에 간호사가 서포트하지요.

※멸균: 열이나 약품으로 세균을 죽이는 일.

환복도 돕는다

그렇게 긴장 안 해도 돼~ CAST니까.

오늘은 노래 뭘로 할까요?

CAST: 중성화 수술

청결 범위

유라유라 제국으로.

네~

수술 난이도에 따라 달라지기도 하지만 생각보다 편안한 느낌으로 시작합니다.

일이 익숙하지 않았을 때 어디까지가 만져도 되는 범위인지 바로바로 판단이 서지 않아 늘 긴장한 상태였어요.

여기서 여기까지는 깨끗하고 여기는 아니고.

※유라유라 제국: 90년대 일본 사이키델릭 록 밴드

58

고양이 중성화 수술

수술 전 순서는 거의 똑같아요.

① 먼저 마취 전, 약을 투여해 불안과 공포를 가라앉히고

질병에 따라 약을 늘리기도 합니다

마취계 →

견학과 잡무 ↓

그럼 잘 부탁해요.

잘 부탁 드립니다!

② 유도 마취약을 투여, 의식을 잃으면

마스크를 씌우거나 기관 튜브를 삽입해 마취를 유지합니다.

픽 하고 쓰러짐 →

굉장 하다…

조명 조절도 간호사의 일

③ 심전도, 혈압, SpO2(산소포화도) 등의 모니터 기구를 부착하고

고양이 CAST는 빨리 끝나기 때문에 우리 병원은 마스크를 씁니다.

…

피 안 나네요.

개복한 게 아니니까.

애 크네~

♪

달각

: 달각

자, 끝.

네?

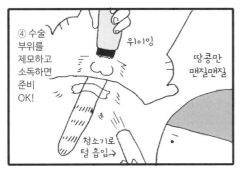

④ 수술 부위를 제모하고 소독하면 준비 OK!

위이잉

땅콩만 만질만질

청소기로 털 흡입 →

안 꿰매 나요?!

이 정도 상처는 자연히 아물어.

메스 댄 지 5분 만에 끝.

생명체란 대단해….

다양한 각성 스타일

탱글탱글
반질반질

떼어낸
고환 →

주인이 데리러 오는 건 동물들의 의식이 또렷해진 다음이지만,

각성까지 걸리는 시간이나 그 후의 반응은 정말 제각각입니다.

머엉

대부분 눈이 무섭다

그거 버리면 안 돼, 주인한테 보여줄 거거든.

보여드려요?! 땅콩을?

원하시면. 갖고 가는 사람도 있어.

진짜 요?

조용히 깨어나서 침울해하는 아이.

응…? 뭔가 가랑이 사이가 허전한 것 같은데…? 하는 표정

ㅍ

적출한 고환… 보시겠 어요?

고환 입니다.

앗, 보고 싶어요!

우왓! 헐~! 대박~! 귀엽다~(?)

척

일어나자마자 날뛰는 아이.

여긴 어디냐 나는 누구냐

쿵

쿵

…갖고 가시겠 어요?

아뇨, 그건 됐어요 ….

뭐, 가지고 가는 사람은 별로 없어요.

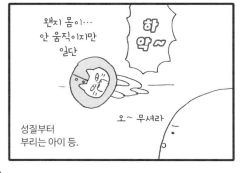

왠지 몸이… 안 움직이지만 일단

하 악~

성질부터 부리는 아이 등.

오~ 무셔라

여러 가지 표기법

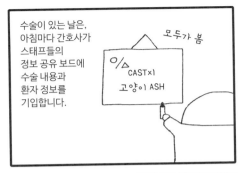

수술이 있는 날은, 아침마다 간호사가 스태프들의 정보 공유 보드에 수술 내용과 환자 정보를 기입합니다.

모두가 봄

CAST×1
고양이 ASH

정보를 간결하게 전달하기 위해 보통 약자로 씁니다.

- CAST: 수컷 중성화 수술
- SPAY: 암컷 중성화 수술
- MASS: 종양
- M. DAX: 미니어처 닥스훈트
- ASH: 아메리칸 쇼트헤어
- MIX: 잡종

등등

어디, 오늘 일정은….

• SPAY ×1
• CK CS

암컷 중성화랑 C… 이거 뭐지?

카발리에 킹 찰스 스패니얼이요.

저기, 전부 약자로 쓰지 않아도 돼.

휘익

화끈

• SPAY ×1
• CK CS

카발리에 킹 찰스 스패니얼 스펠링…

딸깍

배고픈 개복 수술

앞서 말한 고양이 중성화 수술은 시간도 짧고 별로 어렵지 않지만

그 외 대부분의 수술은 거의 개복 수술로, 시간도 한 시간 남짓으로 확 늘어납니다.

사무실

벌컥

실례합니다.

잠깐 링거액 좀 데울게요.

수고 많아~

오전 진료 후 바로 수술이 시작되기에 수술에 들어가는 스태프는 끝날 때까지 점심을 못 먹습니다.

먼저 먹을게

※ 병원에 따라 다릅니다.

위이잉

아뇨~ 아직 더 걸릴 것 같아요.

수술 어때? 끝날 것 같아?

꼬르르르륵~

냠

그래?

후루룩

냠

땡!

소리 엄청 나네.

아, 그게… 하하.

조금만 참아, 앞으로 30분 정도려나?

죄송합니다….

꼬르륵

꼬륵

수술 이어서 하고 올게요.

힘내~

탓

꼬르르륵

62

복대

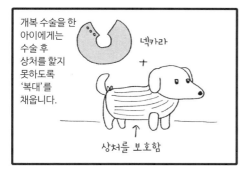

개복 수술을 한 아이에게는 수술 후 상처를 핥지 못하도록 '복대'를 채웁니다.

넥카라

+

상처를 보호함

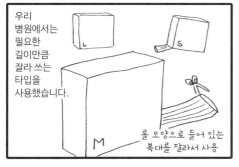

우리 병원에서는 필요한 길이만큼 잘라 쓰는 타입을 사용했습니다.

롤 모양으로 들어 있는 복대를 잘라서 사용

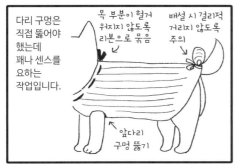

다리 구멍은 직접 뚫어야 했는데 패나 센스를 요하는 작업입니다.

목 부분이 헐거워지지 않도록 리본으로 묶음

배설 시 걸리적거리지 않도록 주의

앞다리 구멍 뚫기

구멍을 좀 더 넓힐까?

경험이 필요한 고급 기술이지요.

꽉

꽉끼임...

꽉

실패작 모음

꽉 꽉

과다 노출?!

명백한 사이즈 미스

벗겨짐

앞다리 구멍이 너무 뒤로 감

스케일링

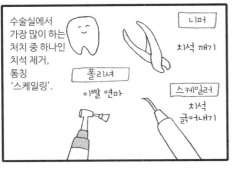

수술실에서 가장 많이 하는 처치 중 하나인 치석 제거, 통칭 '스케일링'.

니퍼
치석 깨기

폴리셔
이빨 연마

스케일러
치석 긁어내기

이 닦기가 어려운 개나 고양이(특히 개)는 딱딱한 치석이 잘 생깁니다. 다른 수술을 할 때 겸사겸사 제거하기도 합니다.

따라서 어릴 때부터 이 닦는 습관을 들이는 것이 정말 중요합니다!

득
득
득

히익!

태연하게 스케일링 보는 게 제일 힘들어….

아플 것 같다

마취 관리

히

내장은 괜찮은데

마취 관리

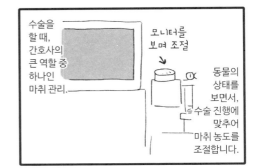

수술을 할 때, 간호사의 큰 역할 중 하나인 마취 관리.

모니터를 보며 조절

동물의 상태를 보면서, 수술 진행에 맞추어 마취 농도를 조절합니다.

삑 삑

선생님, 심박이 오르고 있습니다.

아픈가 보네. 조금 높일까.

때로는 선생님의 지시를 받으면서

네.

슬슬 마취 내리겠습니다.

고마워, 이제 봉합만 남았어.

때로는 경험에서 우러나온 본인 판단으로.

수술이 끝난 뒤 순조롭게, 무사히 눈을 뜨면 마취 관리를 잘했다고 할 수 있습니다.

앗, 눈 떴다. 역시 후지이 씨.

꿈뻑

이 또한 경험이 전부입니다!

긴급 사태

맴~

맴~

맴~

맴~

멍냥 동물병원

멍냥 동물병원

혓

혓

팬팅을
하는군….
몸도 뜨거워.
열사병이군요.

※팬팅: 체온 조절을 위해
혈떡이며 쉬는 숨.

저기요,
저희 애
상태가…!

!

죄송
합니다,
잠시
순서 좀
바꾸겠
습니다.

한여름의
아스팔트는
50도까지도
오릅니다.

지글

지글

동물은
지면과의 거리가
가까운 만큼
사람보다
직접적으로
영향을 받지요.

언제
부터요?

경련을
일으키고
있어…!
긴급이다.

무슨
일이
시죠?

산책 중에 숨이
거칠어지더니…
토하고
축 늘어졌어요.

토한 건
20~30분
전….

특히
퍼그 같은
단두종은
신체 구조상
호흡을 통해
열을 발산하기
어렵습니다.

단두종

코가 짧아서
구강 내 면적이 좁음

긴급 상황에서는
잠시 그 동물을
우선해서 봅니다.

긴급
이에요!

지금
갑니다!

우선
몸을 식혀야 해!
젖은 수건이랑
선풍기, 링거를
준비해줘.

네!

65

여름 산책은 조심하기

조금 진정됐네요.

다행이다….

시원

개나 고양이도 사람과 똑같이 열사병에 걸려요.

더운 날 산책은 삼가주세요.

네…!

단두종 외에도 털이 많은 대형견이나 살찐 비만견 등은 특히 열사병에 걸리기 쉽습니다.

더운 날의 산책은 열사병뿐 아니라 발바닥 화상으로 이어지기도 합니다.

개 전용 쿨링 제품도 있어요 ↓

이른 아침이나 저녁나절 등 가급적 선선한 시간대에 산책시켜 주세요.

꾸준히 수분도 섭취!

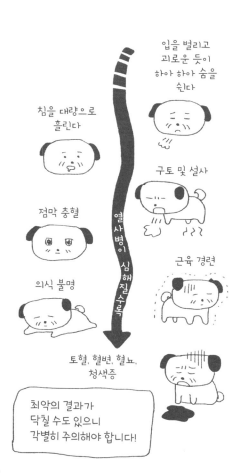

입을 벌리고 괴로운 듯이 하아 하아 숨을 쉰다

침을 대량으로 흘린다

구토 및 설사

점막 충혈

근육 경련

의식 불명

열사병이 심해질수록

토혈, 혈변, 혈뇨, 청색증

최악의 결과가 닥칠 수도 있으니 각별히 주의해야 합니다!

이물질을 삼키다

분명 뭔가를 삼켰어요.

멀까요…. 엑스레이에 찍히려나.

간혹 생기는 '이물질 삼킴으로 인한 개복 수술'.

뭔가 물고 있는 모습을 봤다면 당황하지 마세요. 다른 장난감이나 간식으로 주의를 끌면 쉽게 성공!

이게 뭘까~?

툭

개한테 '주세요'를 연습시키는 것도 좋아요!

당황해서 혼냈더니 홀딱 삼켜 버려서….

아~!!

핫 휙 꿀꺽

개는 그런 습성이 있죠.

제가 본 이물질은

방울

나뭇조각

인형

카펫천 조각

등등

내시경에 보인 순간 모두 빵 터짐
↓

그럴 때는 간식을 보여주며 주의를 끄는 게 정답이지.

개도 빼앗기기 싫어하니까.

아하.

찰칵

고양이는 장난치다가 끈을 삼키기도 해요.

만약 끈이 항문으로 삐져나왔어도 내장이 다칠 수 있으니 절대 당기지 말고 병원으로 오세요.

으아~ 100원짜리가 딱!

배설이나 구토로 나오지 않으면 개복 수술을 합니다.

100

아~

예상 외로 이런 일이 많으니 평소 조심하는 것이 중요합니다.

수술했더니 콘돔이 나온 적도 있었어.

마침 고등학생 아들이 데리러 왔는데… 부모님껜 얘기하지 말아달라고 고개를 숙이더라고….

히익

67

요로 결석

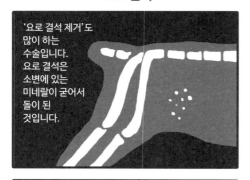

'요로 결석 제거'도 많이 하는 수술입니다. 요로 결석은 소변에 있는 미네랄이 굳어서 돌이 된 것입니다.

결석이 쌓이면 요도가 막혀 목숨을 위협하기도 해요!

쉬야가 안 나와~

식이 요법이 안 듣는 종류의 결석은 수술로 제거합니다.

직경 수 센티의 거대한 결석에서 모래처럼 자잘한 결석까지 크기가 다양한데, 상황에 따라 도구를 구분해서 사용합니다.

봐.

그게 뭐예요?

게살 포크.

오늘은 이걸 소독해서 수술할 때 써보려고. 세밀한 부위까지 닿거든!

쓸 수 있는 건 뭐든지 융통성 있게 사용합니다.

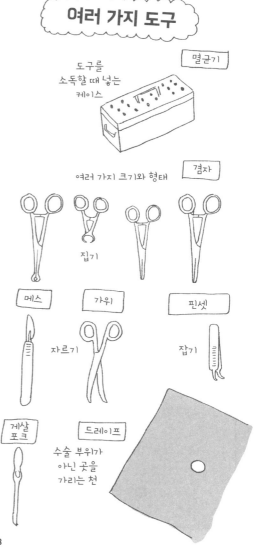

여러 가지 도구

도구를 소독할 때 넣는 케이스

멸균기

여러 가지 크기와 형태

겸자

집기

메스

자르기

가위

핀셋

잡기

게살 포크

드레이프

수술 부위가 아닌 곳을 가리는 천

가끔 하는 수술은 카메라로 기록을 남기기도 합니다.

그것도 거의 간호사의 일이죠.

개인 카메라

드디어 수술 끝났다 오후 진료 준비해야지

타로

응?

여기 찍어 줄래?

예썰.

찰칵 찰칵

나중에 컴퓨터에 저장해줘.

타로 손이 밖으로 나와 있어!

빼꼼♡

며칠 뒤, 휴일.

이거 봐, 요전에 공원에서 고양이가…

흐억.

친구

어? 뭔데, 뭔데?

귀엽다…! 무진장 귀여워…!

타로

그 표정, 최고야~!

찰칵 찰칵 찰칵

아니… 내장이 좀….

내장?!

지우는 걸 깜빡했다

진료 후.

자, 오늘 수술 사진은…

응? 뭐야, 이 대량의 타로 사진은.

화끈

69

뒷정리

수술이 끝난 다음의 뒷정리도 업무 중 하나입니다.

도구를 씻고, 수술대를 소독하고, 수술복과 드레이프를 세탁합니다.

그날은 길냥이의 중성화 수술이 있었는데요.

빨래 너는 중

앗... 땅콩?!

데굴

자, 잠깐만. 이것 좀 봐.

보통 주인에게 보여줄 필요가 없으면 폐기하는데, 어쩌다 빨랫감에 섞여 들어간 듯

드레이프와 함께 반짝반짝해진 고양이의 고환이 나왔습니다.

이 얘기는 간호사 친구에게 하면 완전 잘 먹히는데, 가끔 일반인 친구에게 하면 질색하더라구요.

그래서 있지, 땅콩이 깨끗하게...

으... 무서워...

70

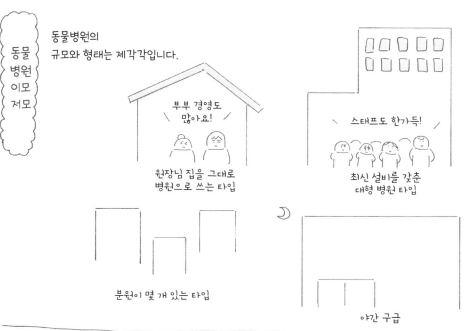

동물
병원
이모
저모

동물병원의
규모와 형태는 제각각입니다.

부부 경영도
많아요!

원장님 집을 그대로
병원으로 쓰는 타입

스태프도 한가득!

최신 설비를 갖춘
대형 병원 타입

분원이 몇 개 있는 타입

야간 구급

사실 특화 분야도
제각각이라

정형 수술은
여기라든가

새나 파충류를
잘 보는 곳이라든가

MRI가 있는
병원은 여기뿐이라든가

훈련 교실에
신경을 썼다든가

자기 병원 설비만으로
감당이 안 되면
다른 병원에 소개장을
써주기도 합니다.

사람이랑
똑같지요

요전에
도미타네
병원에서
환자가
왔었어~

아,
골절
환자…

그리고 업계는 꽤 좁답니다.
(학창 시절 친구들이 여러 병원에서 일하고 있음.)

몬지로, 그 후

까오옹

꽈악

뭐, 뭐야?

사람과 마찬가지로 개나 고양이에게도 성격이 있습니다.

사람을 잘 따르는 아이, 겁 많은 아이, 신경질적인 아이….

꼬리가 걸렸구나.

구부러진 꼬리 ↓

그 후 몬지로는 쑥쑥 자라

장차 어떤 아이로 자랄지는 사회화 시기를 어떻게 보내느냐에 큰 영향을 받습니다.

사회화 시기

생후 3개월 무렵까지의 환경과 커뮤니케이션으로 사회의 규칙을 익히는 시기를 말한다

형제끼리 놀면서 깨무는 강도를 익히는 등

자라도 입가의 주름은 그대로네.

무늬였던 건가

리본으로 자주→ 멋을 내줌

작지만 어엿한 고양이의 형상을 갖추었습니다.

몬지로는 어릴 때부터 매일 다양한 동물을 보는 환경에서 자란 탓인지

지나가던 내원 동물

멍

멍

이 녀석, 고양이가 무서워하잖니.

컹

컹

앗, 에이타로 왔다.

나중에 에이타로와의 관계가 그렇게 되리라고, 그때는 아직 생각도 하지 못했습니다.

다른 동물을 봐도 쫄지 않는 고양이가 되었습니다.

야…

멍

멍

그런 몬지로에게 '이제 슬슬 괜찮겠지' 하고 어느 날, 에이타로를 만나게 해주었는데

진료시간 후

일단 입마개 장착

에이타로와 우.

서로 노터치.

대실패.

파아아앗

?

아기 고양이 너무 좋아

우와 몬지로.

2층

애초에 그다지 마주칠 일이 없음.

1층과 사무실

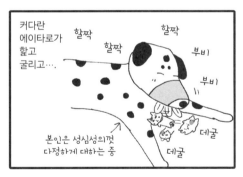

커다란 에이타로가 핥고 굴리고….

할짝

할짝

할짝

부비

부비

데굴

데굴

본인은 성심성의껏 다정하게 대하는 중

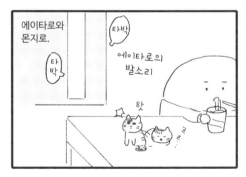

에이타로와 몬지로.

타박

타박

에이타로의 발소리

핫

몬지로에게 '에이타로 만큼은 NG'라고 각인된 모양입니다

이제 어떻게든 해달라는 표정

흐릿

하아악~

트라우마가 깊은 모양입니다.

이변, 일어나다

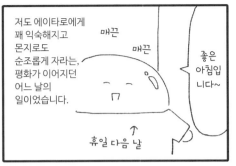

사건의 발단

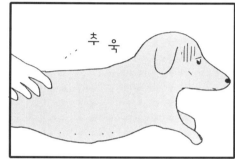

위독한 상태

1, 2, 3···
세 마리.

!

선생님.

일단 저희가 맡아서 조치를 취하겠습니다.

어미랑 새끼 모두 영양이 무척 부족한 상태예요.

저기~

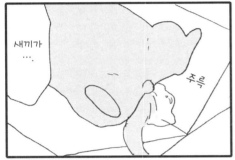

새끼가
····.

주륵

이거 입원 같은 거 해야 되나요?

!

pet

수건이요

···틀렸어,
사산이야.

남은 새끼 들은···.

솔직히 얘 주인한테 호텔비도 못 받아서요.

아, 저는 점장인데요.

네
게
게
?!

개가 위독한데 그 태도는 뭐죠?

장난 아니지···? 그게 끝이 아니야.

히익!

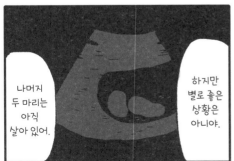

나머지 두 마리는 아직 살아 있어.

하지만 별로 좋은 상황은 아니야.

다이아.

어제는
잘 버텼어.

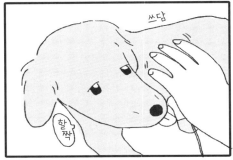

쓰담

할
짝

사람을
잘 따르는
착한
아이구나.

아무튼
살아서
다행이야.

앞으로
어떻게
될는지….

현재 어둠의 상관관계

주인
?
연락 두절

개를 맡김
&
미지불

우리 병원

펫 호텔

임신 은폐

빈사 상태로 내원
&
미지불

알바생

그 후,
처음 개를
데려왔던
알바생이
병문안을
왔지만

그런 일이
있었어도
진료는
언제나처럼
이어졌고

…그
알바
언니.

앞으로
어떻게 할지에
대해서는
진전이
없었습니다.

저는 일개
알바라서
아무 권한이
없어요….
정말
죄송합니다.

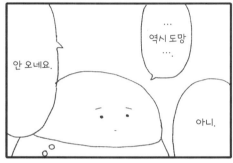

…
역시 도망
….

안 오네요.

아니.

하지만
살려주셔서
정말
감사드려요.

꾸벅

또
올게요.

전화를
안 받네요

점장님과
이야기를
하고 싶은데
연락할 수
있을까요?

난
아닐 거라
생각해.

데려왔을 때
울 것 같은
표정을 하고
있었어.

저도 매일
보는 건
아니지만…
여쭤 볼게요.
그럼 이만.

부탁
드립
니다.

그 뒤로
알바생은
두 번
다시 오지
않았습니다.

요전엔
이대로 키울 수
있다면…
이라고도
했었고.

아마
윗선에서
막은 게
아닐까….

진실은
알 수
없었습니다.

79

다이아의 성격

그리고
다이아는

깜짝

다이아~

헉
헉
헉
헉

벌러덩…

다이아

살랑

살랑

미니어처 닥스훈트 롱코트, 암컷
5~8세 정도로 추정

극도의 영양실조, 유산으로 인한
복막염(복막 염증)으로 인해 생사의 경계를
헤매기도. 수술 후 기적적으로 회복.

사람을 진짜
엄~청
좋아하네요.

힐끔

상처 때문에
아직 배는
못 만지겠다.

생사의
고비를
넘기고
순조로이
회복
중입니다.

펫 호텔에 연락하다

그리고

달칵…

아, 이 호텔이다.

PC

동물병원인데요, 다이아 일로…

후지이 씨.

으아아….

OO펫숍
호텔 있음★☆☆☆☆

심야 영업으로 동물들이 못 쉼.
환경 열악.

☆☆☆

상영 가득

검색 결과

바꿔줘.

두둥

원 장

오늘도 일단 전화는 해볼까.

뚜르르르

매일 고생이시네요.

안 받겠지만

여보세요.

전화 바꿨습니다.

네, 네.

네.

받았다!

어… 어떻게 될까요?

음… 나도 이런 일은 처음이라….

하아아아…

수고하셨습니다. 어떻게 됐나요?

하아…

탁

어떻게고 뭐고

없어….

추욱

선생님, 얼굴에 피로가….

하지만 새롭게 알게 된 사실도 몇 가지 있었습니다.

? ? ?

펫 호텔은 사실 다이아 말고도 같은 주인의 개를 몇 마리 더 떠맡고 있다는 사실.

결국

한번 향후에 대해 이야기를….

저희도 곤란하거든요. 벌써 몇 달치나 밀려가지고.

중성화 여부를 관리하지 않고, 호텔 내에서 교배하고 임신하도록 방치했다는 사실.

이건 명백하게 호텔 잘못임

하지만 저희도 이대로 계속 맡을 수는….

아무튼 돈 못 낸다면

못 내는 겁니다. 데려갈 수도 없구요.

달칵

그리고 원래 주인이 병원에 입원 중이라 벌써 몇 달치 요금이 밀려 있다는 사실.

?

분명 잘못은 있지만 호텔 측도 상당히 곤란했던 모양입니다.

또 하나의 문제

그리고 조용히 또 하나의 문제가….

아… 진행 중이야….

모두가 매일같이 혈액순환에 좋은 마사지를 계속해 주었지만

주물 주물

개와 고양이의 몸에서 링거, 혹은 채혈이 가능한 굵은 혈관은 한정되어 있습니다.

경정맥

소복재정맥

요측피정맥

링거는 거의 여기!

조금씩 미라처럼 되고 있어….

쭈글

링거를 오래 맞으면 부담이 가서 혈관이 가늘어집니다.

보통 건강해지면 혈관도 조금씩 회복되지만

그리고 며칠이 지나자,

으악.

다이아의 경우, 목숨은 건졌지만 혈관이 회복되지 않아

뭔가 까매지고 있어….

링거를 맞던 한쪽 다리가 괴사되었어요.

다리 …떨어 졌는 데요 ….

호러다 ….

부스럼 딱지같이, 미라처럼 변한 다리 끝이 떨어졌는데도 다이아는 태연했습니다.

귀여워. 빠─밤 어울린다.

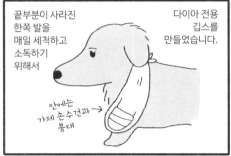

끝부분이 사라진
한쪽 발을
매일 세척하고
소독하기
위해서

다이아 전용
깁스를
만들었습니다.

안에는
가제 손수건과
붕대

얼마 전까지 빈사 상태였다고는
생각지도 못할 만큼 돌아다님.

벌러덩

뒤뚱

뒤뚱

슥

만족하고 나면
다음 코스로

다이아~

으쌰

으쌰

우와,
한 발로도
잘 걷네.

굉장하다,
굉장해.

엉?!

전력 질주

엄청
빠른데
?!

삐져나옴

꺄~♡
여기 왔어?
장하기도 하지~♡

접수처

벌러덩

그죠
...

혹시
여우…?

네
...

다이아, 그 후

할짝
할짝
할짝
할짝 할짝

아하하.

잠들었어.

사람을 정말
좋아한다는 것.

결국 그 뒤로
호텔 측과는 이야기가
진척되지 않아

다이아는
지금도
병원에서 지내고
있습니다.

할짝 할짝 할짝
할짝

이번 일
말인데

복잡한
사정도 있고,
고소니 뭐니
일을 크게
벌이긴 싫어.

우물

같이 지내며
알게 된
사실은

할짝 할짝
할짝 할짝

다이아는
장기적으로
주인 연락을
기다리면서
우리가
돌봐주자.

결과적으로

끄덕

몬지로를
마음에 들어
한다는 것.

마음에 들면
그 대상을 계속
핥아준다는 것.

그리고

우리 병원은
꽤 큰 금전적
손해를
입게 되었지만

이번 사건은
앞으로 이런 상황에
어떻게 대처할지,
병원의 체제를
되짚어보는 계기가
되기도 했습니다.

처음엔 빈사 상태의 '가여운 개'로 실려 왔던 다이아.

최근에 '사람을 잘 따르는' 게 아니라

사람들 눈이 없는 곳에선 입원견을 위협함

어이, 보고 있다구.

여우야.

'사람 앞에서만 여우 짓'을 한다는 사실이 밝혀진 다이아.

그날 살아나지 못했다면 어떤 성격인지 몰랐겠죠.

앞으로 다이아의 견생이 행복했으면 좋겠어요.

자주 홀딱 젖어 있음

너무 핥아서 열 받은 몬지로가 냥냥 킥을 날려도, 다리 뒤쪽을 끈덕지게 계속 핥는 다이아.

86

원장님의 휴일

다이아 일에 병원 책임자로서 대응했던 원장님.

녹색 캡

검은색 가방 →

출근 스타일은 늘 정해져 있습니다.

← 트레이닝복

원장님이 쉬던 어느날.

낮 뉴스 입니다. ○○구 1번가 게임 매장에서 강도 사건이 발생했습니다.

헐, 원장님 댁 근처잖아. 무서워라….

범인은 30~40대 중간 체격으로

1:25

초록색 캡에 검은색 가방, 회색 트레이닝복 차림….

원장님?

아직 도주 중이며….

다음 날

굿모닝 ~

선생님… 어제 뭐 하셨나요?

봐!! 초록색 캡에 검은색 가방…

수군

수군

중간 체격….

범인은 이후에 체포되었습니다.

제4장

아기 고양이
대소동

시작

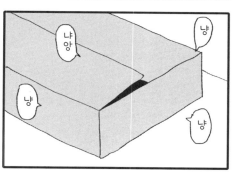

인연

자, 끝! 잘 참았다~

고맙습니다.

엄마?

냐아 냐아

검사를 아직 안 해서 정식 모집은 나중에 하겠지만….

오~ 엄마, 어때?

앗, 저기 봐. 저 애, 미이랑 무늬가 똑같아.

응?

어머, 아기 고양이? 많이 우네요.

봐도 될까요?

네, 실은 오늘 아침에 누가 버리고 가서….

그럼요, 물론이죠!

정말이네… 미이랑 꼭 닮았어.

냐아

환생한 것 같아.

어머나.

쪼끄매!

이것도 무슨 인연일까?

조금 생각해봐도 될까요?

남편한테도 물어봐야 하고.

귀여워라.

지인 중에 고양이 키우고 싶어 하시는 분 없으세요?

네!

즉시 멋진 만남이 우연히 이루어 졌지만….

검사

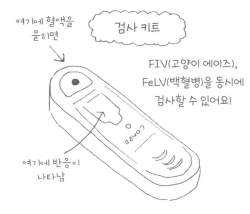

혈액 검사 결과

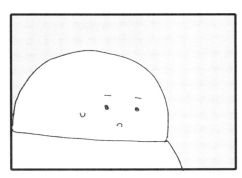

피
검사랑

후지이 씨!

잠시만
….

소변
검사.

기생충은…
없는 것
같네.

응?

세 마리
다

FIV
양성반응이
….

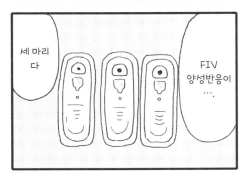

스윽

아….

….

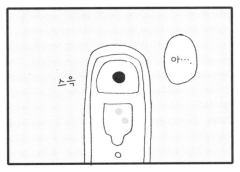

고양이 면역 결핍 바이러스 감염증

고양이 면역 결핍 바이러스(FIV)에 의해 일어나는 감염증.
FIV가 체내에 침투하여 발병하면, 면역 반응이 저하되어 각종 질병에 걸리기 쉽다.
(고양이 외에는 옮지 않음.) 사람으로 치면 HIV.

발병했을 때의 근본적인 치료법은 아직 없다. 하지만 잠복기간이 수개월~수년이기에,
개중에는 발병하지 않은 채(건강하게) 수명을 다하는 아이도 있다.

결과를 알리다

다음 날.

꾸벅

안녕하세요.

남편도 보고 싶다기에….

아…

봐요, 여보.

어머머, 오늘도 힘차게 울고 있네.

저기.

그러니까… 저 애들 모두 에이즈에 걸린 고양이고

발병하면 오래 못 산다고요….

실은…

저 아이들에 대해 드릴 말씀이 있습니다.

네…. 하지만 아기 고양이는 모체에서 물려받은 항체가 반응할 뿐인 경우도 있는지라

자란 다음에 다시 검사하면 음성으로 나오기도 합니다.

하지만 저희 입장에선 데려가시라는 말을 쉽게 드릴 수가 없네요.

다시 한번 잘 생각해 보시고….

…

3년
전에

15년을
기르던
고양이가
투병 끝에
떠났어요.

저희가
데려가게
해주세요.

너무
슬퍼서
…

두 번 다시
고양이는
못 기르겠다
싶었지요.

하지만
….

다행히 지금
저희 집엔
고양이도
없고

하지만
어제

미이랑
꼭 닮은
이 아이를
보고….

게다가…
어쩌면
발병하지
않을지도

모르구요.

이 아이와
살고
싶어요.

…알겠습니다. 검사 결과가 어느 쪽이든 키워줄 분은 찾으려고 했으니까요.

그렇게까지 말씀해 주시니

조금 더 크면 재검사를 하죠.

네…!

이리하여

꾸벅

백신

우선 한 마리가

새 가족을 찾아갔습니다.

필라리아

반려인 모집 중!

-생후3~4개월
-수컷
-성격 …… ……
-고양이 에이즈(+)
자세한 사항은 접수처로 문의 주세요!

역시 아기 고양이는 귀여워

진짜

꼭 닮았네.

리본 안 매면 누가 누군지 모르겠어.

남은 두 마리도 양성임을 알린 다음, 품어줄 수 있는 주인을 찾기로 했습니다.

아얏

간지러!

그때까지는 병원에서 돌봐줄 거예요.

아기 고양이는 바이러스 양성이라도 힘이 아주 넘치죠.

그래도 행복해….

또 바쁜 나날이 시작됩니다.

아기 고양이의 올라타는 힘은 굉장하다

잠깐, 지금 어디 있어?

머리에 한 마리, 등에 한 마리.

아기 고양이 담당

감염된
아기 고양이
돌보기는

\today/

날짜별로
담당을 정해
보통 한 명이
돌봅니다.

며칠만
입원한다면
케이지를
사용하지만

환자 중 FIV, FeLV(+)인 아이가 입원할 때는
다른 고양이와 가급적 거리를 둔다

매번 손을 씻고
소독을 하면
괜찮지만,
번거로운 데다

진찰 들어가기
전엔 소독

가급적
원내 감염
위험을
낮추기
위해서죠.

이번엔
퇴원 시기를
알 수 없어
2층 격리실을
사용했습니다.

샤워실을
개조하여 만든
작은 방

좀 놀까?

담당이 된 날은
하루 종일
개만 진찰합니다.

살짝
외로운 점은

격리실에는
그날의 담당만
들어갈 수
있습니다.

아기 고양이들과의
조용하고
평온한 공간.

그날은 몬지로도
못 만진다는 것.

개는 OK

도미타~
어딨어~?!

핫

고양이 소동, 끝나다?

그 후, 나머지 아기 고양이 두 마리도

반려인 모집 중!

약 두 달 뒤.

샥
샥

어찌저찌 데려갈 사람이 정해져

헉?

냥
냥

하~ 이번엔 힘들었다.

다들 입양처가 정해져서 한시름 놓았어요~

냥~

에엑 ?!

냥~

냥~

냥~

...라고 이야기...

찌
찍

했는데….

잠깐 …

멍냥 동물병원

멍냥 동물병원

여러분 ~!!

불길한 예감

101

어디까지 해야 할까

일단 격리

으~음….

아니, 최악의 경우에. 이번 말고. 나도 절대 하고 싶지 않아.

하지만 이런 일이 많아지면 우리 부담이 너무 커.

난감하네…. 요전엔 어떻게 입양처가 다 정해졌지만

우리도 자선 사업 하는 게 아니니까.

특히 FeLV는 아기 고양이 발병률이 무척 높아.

발병하면 남은 수명도 FIV보다 짧지. 당연히 입양처도 찾기 힘들어.

전에도 이번에도 우연히 FIV였지만

만약 이게 FeLV (백혈병) 였다면 ….

오래 못 살 게 뻔한 아기 고양이를 입양 보낼 거야?

게다가 나중에 비싼 치료비가 반드시 따라오는데?

앞으로의 방침과 대책을 생각해 둘까.

최악의 경우, 안락사도 ….

네?

'여긴 병원이고 환자 치료가 우선이야. 아기 고양이 임보(임시 보호)로 본질이 흐려지는 건 좋지 않아. 물론 그런 일이 벌어지지 않도록 생각은 하겠지만….'

하아 ….

끼익

끼익

피곤
하다.

풀썩

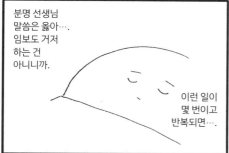

분명 선생님
말씀은 옳아….
임보도 거저
하는 건
아니니까.

이런 일이
몇 번이고
반복되면….

하지만….

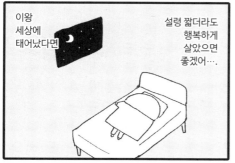

이왕
세상에
태어났다면

설령 짧더라도
행복하게
살았으면
좋겠어….

당시, 반려동물 금지인 맨션에 살고 있어서
여러모로 고심했습니다.

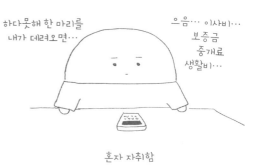

하다못해 한 마리를
내가 데려오면…

으음… 이사비…
보증금
중개료
생활비…

혼자 자취함

103

정보통 우라타 씨

결국 또다시 반려인을 모집해야 했습니다.

또

반려인 모집 중!!

네? 범인이라뇨?

속닥

아니, 추측이긴 한디.

임보를 하고 며칠 지났을 무렵

동네 아저씨가 길냥이한테 먹이를 자주 줘서 애들이 눌러 살더라고.

키우는 건 아니고, 중성화도 안 했당게.

우라타 씨, 안녕하세요. 오늘은 푸 귀 진찰하시는 거죠?

페 피부도 인가요?

저기, 저 포스터.

그런데 그중에 배가 뽈록한 애가 한 마리 있기에…

임신했나 싶었는디 어느샌가 배가 홀쭉해져 있더라고.

전에도 모집했잖수, 또야?

저거 범인 알 것 같은디.

예상치 못한 곳에서 진상이…?

그 뒤로 한 번 더 배가 뽈록한 걸 봤는디 얼마 전에 다시 홀쭉해졌더라니까.

그러고 나서 저 포스터를 보니 무늬가 똑같잖어?

아주 수상해.

대책

안녕히 가세요~

어떻게 생각하세요?

으음… 뭐, 아마 '범인' 맞을 거야.

그죠….

좋은 정보를 입수하긴 했지만 증거는 없어서

아기 고양이 반려인은 계속해서 모집했습니다.

그리고 일단 감시 카메라와 주의 포스터를 세팅했습니다.

카메라 작동 중!

동물 유기는 범죄입니다!

고양이가 곧잘 버려지는 곳 근처

전에 역 앞 케이크 가게 있었지?

거기보다는 그 가게가 맛있고 저렴하당께.

그리고 2번가에 길 잃은 개가 있는 것 같더라고, 나도 찾아볼게.

동네 사정에 아주 빠삭한 우라타 씨.

혼자 남은 푸딩이

그 뒤로

음성인 아이는
바로 입양처가
결정되었고

산책
다녀왔습
니다~

어서 와~

다른 양성 아이도
한 마리,
또 한 마리,

이럭저럭
새로운 집을
찾아갔습니다만

앗, 오늘은
오카모토
씨가
푸딩이
담당이군요.

부비적

응!

← 푸딩
(임시 이름)

딱 한 마리

사람을
잘 따라서
정말
귀여워.

복실
복실
~

꽤 많이
컸네요~

좀처럼 입양처를
찾지 못한 아이가
있었습니다.

오물

오물

그러네
….

오카모토 씨의 결심

저, 푸딩이를

입양 할까 합니다!

너무 귀엽잖아요!

네 에?

푸딩이는 오카모토 씨 집으로 입양을 가게 되었습니다.

몸집이 커져서 케이지가 좁을 것도 같고…

저렇게 사람을 좋아하는데 하루 대부분을 케이지에서 지내는 게 가엾기도 하고요.

아파~

까끌

까끌

이리하여 아기 고양이 소동은 막을 내렸고, 총 일곱 마리의 아기 고양이 모두에게

부모님도 찬성하셨고 저희 집엔 개밖에 없어요!

뭣보다…

새로운 가족이 생겼습니다.

107

냥줍 그다음

주의 포스터를 붙인 후 병원에 아기 고양이를 버리고 가는 일은 없어졌습니다.

저희 집은 동물 금지 라서….

우리도 이미 고양이를 키우고 있어서요.

여기서 맡아주실 순 없나요?

하지만 사람들이 아기 고양이를 버리는 일은 역시 끊이지 않았습니다.

냐앙

공원에 버려져 있었어요.

…나도 동물을 좋아해서 그 마음은 아주 잘 알지만

주우면 병원에 맡기고 끝! 이게 아니라 그다음 일도 책임져야만 한단다.

음… 아빠나 엄마는 이거 아시니?

말하면 혼나요.

어… 으음….

키울 거니?

입양처도 찾아야 하고,

밥도 먹여야 해. 물론 돈도 들지.

주우면 이런 문제도 함께 따라와.

줍는 걸로 끝이 아니야.

선생님 ….

그 아기 고양이, 너희 집에서 키울 거야?

부모님과 한번 상의해보렴.

애정과 책임감

이런 말씀 드리긴 뭣하지만

꾸벅

내버려둘 수 없어서 무심결에 데려오는 마음은 충분히 이해가 돼요.

동물병원의 규모나 인원, 방침에 따라 다르지만

입양 갈 곳 없는 동물을 모두 맡기란 어렵습니다.

반려인 모집 중!

아~ 알지. 나도 어렸을 때 툭하면 주워왔거든.

선생님도.

그야 동물을 좋아하니까.

저도요

아기 고양이 일곱 마리를 버리고 간 범인도 동물병원이면 괜찮겠지, 싶었겠죠.

하지만 그건 역시 너무나 무책임한 행동이에요.

하지만 '줍기'만 하는 건 '이동시키는' 것뿐이야.

키우든 키울 사람을 찾든, 주운 다음 일까지 보살필 줄 알아야 비로소 '살렸다'고 할 수 있지.

동물을 정말 좋아한다면

애정과

책임감 없이 주울 거라면 안 줍는 게 나아.

이 일을 하면서 특히 느끼는 거지만.

그렇군요….

책임감을 지니고 대했으면 좋겠습니다!

고딩 시절, 아기 고양이를 주운 에피소드

한 겨울, 졸업 앨범 단체 사진 촬영 날.
등굣길에 동사 직전의 아기 고양이를 주워서

바로 고양이를 데리고 귀가했어요.

간호사님이 어린 저에게도
해야 할 일을 정중히 가르쳐주셨습니다.

시골이라 근처에 동물병원도 없어서
전화번호부에서 찾은 동물병원에 전화했는데,

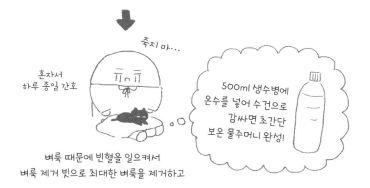

벼룩 때문에 빈혈을 일으켜서
벼룩 제거 빗으로 최대한 벼룩을 제거하고

110

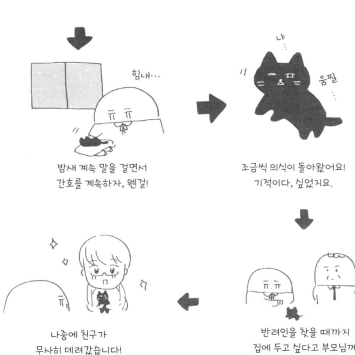

밤새 계속 말을 걸면서
간호를 계속하자, 웬걸!

조금씩 의식이 돌아왔어요!
기적이다, 싶었지요.

나중에 친구가
무사히 데려갔습니다!

반려인을 찾을 때까지
집에 두고 싶다고 부모님께
울면서 부탁드렸고

그로부터 10년이 지났지만 지금도
건강하고 행복하게 살고 있는 것 같아 다행이에요!
그때의 간호사님께 고맙다고 말씀드리고 싶습니다!
(동물병원 간호사라는 일을 염두에 두는 계기가 되었음.)

졸업 앨범에는
못 실렸습니다

제5장

와르르
무너진
자신감

어느새 겨울

휘잉

추워.

자, 여기 봐~ 착하지~

아직~

힐끗

간식으로 주의 끌기

할 수 있는 일도 꽤 늘어났을 무렵.

멍냥 동물병원

산책 다녀올게요~

계절은 겨울이 되어 있었습니다.

장하다! 잘 참았어~

에이타로와 사이도 괜찮고

산책할 때도 어느 정도 제어할 수 있게 되어

앗.

다녀왔습니다.

절뚝

절뚝

앗, 다이아.

에이타로, 이쪽에 와서 '앉아'. 옳지! 착하다.

저도 조금씩 이 일에 자신감이 생기고

또 여우 짓 하네~

벌러덩

때로는 성장했다는 느낌이 드는, 그런 시기였습니다.

이때의 저는 때에 따라선 입마개 없이도 에이타로에게 가까이 다가갈 수 있었습니다.

도미타 씨! 괜찮아?!

아, 후지이 씨.

청소 정도는 이제 입마개 없이도 괜찮아요!

아, 그래? 놀래라….

놀라게 했어.

약간 자신감이 있었지요.

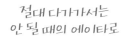

절대 다가가서는 안 될 때의 에이타로

아앗, 에이타로가 딸기 인형을 물고 있어!

누가 꺼내둔 거야?!

으르릉

삐 이 이 이 이 익

가장 좋아하는 장난감. '딸기 인형'를 물고 있을 때는 무진장 흉포해지므로 평소엔 숨겨둠. 일단 물면 놓지 않는다.

방심하다

기분이 나쁠 때의 에이타로는 '눈이 마주치면' 경계 모드로 바뀌고

상대방의 반응을 살피며 짖어댑니다.

앞으로도 이렇게 조금씩 관계를 쌓아나가다 보면

분명 지금보다 더 친해질 거라고

그래서 저는 가급적 눈을 맞추지 않고

두근

킁 킁

가까이 다가와도 평온한 척 하며

두근

그렇게 생각하던 어느 날의 일이었습니다.

도미타 씨, 2층에서 시트 좀 꺼내줘.

네~!

오늘 열이 좀 있는 것 같아….

정신 수행도 겸하는 듯한 기분으로 지금까지 계속

킁

킁

에이타로를 대했습니다.

어디. 시트, 시트….

그 이유는 일에 능숙해지고 싶어서였고,

휴우…

스윽

무엇보다도 에이타로와 친해지고 싶어서 였습니다.

앗!

비틀

물리지 않는 게 가장 좋지만

개가 물고 놔주지 않을 때는, 장난감 같은 것으로
주의를 돌리거나 담요 등으로 시야를 가리면
효과적입니다. 잡아당기면 놓지 않으려고
더 꽉 물기도 해요.

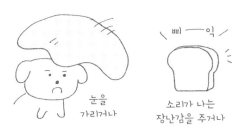

눈을
가리거나

삐 ——— 익

소리가 나는
장난감을 주거나

와앗

물린 사람도 패닉에 빠져서
웬만해서는 냉정한 판단을 하기 어렵지만요.

미안해

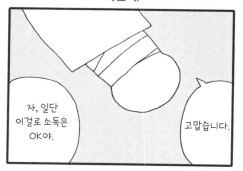

자, 일단 이걸로 소독은 OK야.

고맙습니다.

'나 때문에 에이타로가 또 사람을 물었다'라는 죄책감.

피가

멍——

뚝

뚝

상처 자체는 작아서 꿰맬 정도는 아닌 것 같지만…

꽤 깊으니까 아프면 병원 가.

완전 괜찮아요!

사람을 문 적이 있는 개는 그 뒤로도 사람을 잘 뭅니다.

에잇

압박 지혈

머엉

하지만 요즘 잠잠했는데 왜…

역시 무는 게 버릇이 됐나….

아니에요!

에이타로는 줄곧 그런 징후를 보였기 때문에

무서우면 물 거임

다들 주의를 기울이고 있었습니다.

제가 비틀거리다 큰 소리를 냈어요.

그래서 에이타로가 깜짝 놀라서….

푸슉

또 피가!

미안해, 에이타로….

멎었다!

상처의 여파

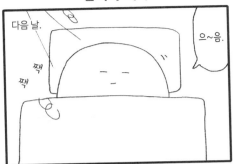

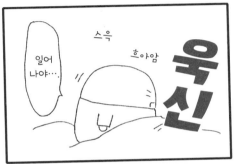

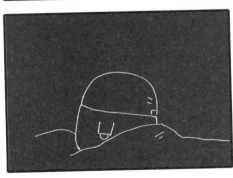

외로워

상처는 나아가지만

다른 사람들에게 민폐를 끼치긴 했지만, 며칠 후 조금씩 양손을 쓸 수 있게 되어

그럭저럭 평소 업무에 복귀하게 되었습니다.

물린 후부터, 방에 가까이 갈 때마다 에이타로가 짖어댔거든요.

실례했습니다

컹

컹

컹

단지…

2층에서 펫 시트 재고 좀 가져다 줄 수 있어?

별로 마음에 두지 않으려 했지만

아… 으음….

미안! 내가 가지러 갈게.

아, 그렇지.

죄송합 니다….

에이타로의 태도는 계속 변하지 않았고

저는 그날부터 잠시도

2층 방에 들어갈 수 없었습니다.

저도 점점 마음이 무거워져서

결국 방에 들어가지 않게 되었습니다.

에이타로는
짖는 소리가
크기 때문에
1층까지
들립니다.
평소에는

오,
누구한테
짖는 거지?

컹
컹
컹

자다
깼나?

그러면서
웃었지만

이번에는 저만 보면
왕왕 짖어서
주변의 시선도
신경 쓰이고,

무서워하는
저를 에이타로가
다시 경계하는

왜…

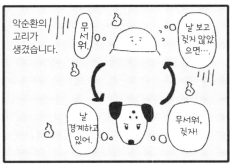

악순환의
고리가
생겼습니다.

무서
워.

날 보고
짖지 않았
으면…

날
경계하고
있어.

무서워,
짖자!

걸렸다

컹

컹

컹

발소리로도 사람을 구별하는
에이타로

진짜 내 마음은

산책 다녀왔습니다~

슬금

어, 왠지 죄송해요. 저 때문에…

다른 분들께 산책이라든가 부담을 늘려서….

괜찮아. 무섭지?

….

오카모토 씨도 예전에 에이타로한테 물리셨죠…?

태연

물렸지~ 두 번이나.

손이랑 입

도미타 씨, 수고 많아~

아, 다녀오셨어요?

무섭지 않으세요?

그야 무섭지! 하지만 그보다 짜증이 나!

요즘 어때? 에이타로랑….

아….

짜증….

짜증 나지~!

난 걔가 강아지였을 때부터 봐왔는데 말야~

난 에이타로가 너무 좋은데

내 마음이 안 전해지나, 그런 생각이 들면 슬퍼지기도 하고.

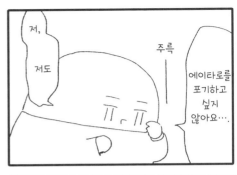

저, 저도

주륵

에이타로를 포기하고 싶지 않아요….

하지만 이대로는 분하기도 하고

내가 포기하면 에이타로랑 지낼 사람이 줄어들잖아.

모처럼 친해졌는데

이대로 끝나는 건 죽어도 싫어요….

끅 끅

도미타 씨….

그러니까 몇 번을 물려도 난 에이타로가 살아 있는 한 포기 안 해.

뭐, 안 물리는 게 제일 좋지만 말야!

에이타로를 그렇게까지 예뻐해 주다니, 기뻐!

괜찮아! 힘내자!

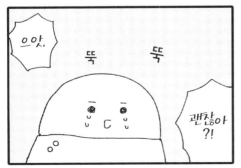

으앗.

뚝 뚝

괜찮아?!

네….

울어
버렸어…

왜? 몬지로

다이아까지…
(늘 있는 일)

할짝

다리

동물은 분위기를
파악하고 위로해준다.

슬쩍

할짝

웬일로!!

역시
동물이 좋아!

한 번 더

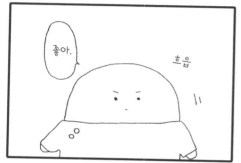

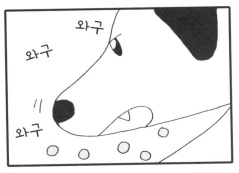

나와의 싸움

지금껏 만난 수많은 개 중에서 에이타로의 섬세함은 최고 레벨로

사람의 마음을 '꿰뚫어' 봅니다.

하지만 무엇이 어떻든 간에 무서운 건 무서운 겁니다.

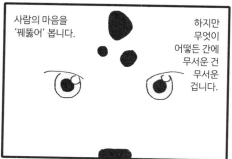

이 공포심을 극복하기 위해 넘어야 할 가장 큰 장애물은 저 자신이었어요.

무서워하면 안 돼…

로즈가 낯선 사람한테 안 짖네…?!

친구

예이

난 강하다

난 강하다…

히익

중얼

중얼

맹견 조심

킁

킁

에이타로에게 단련된 덕분에 웬만한 맹견은 짖지 않게 하는 기술을 익혔습니다.

132

화해의 여정

그럼 잘 부탁해!

입마개 뺄 때는 또 얘기하고.

응! 다녀올게!

꽉

에이타로, '앉아'.

처억

갈까? 에이타로.

밖에선 별로 안 짖음

모두의 도움을 받으며

'엎드려'.

착

오늘은 어떤 코스로 갈래?

에이타로와의 관계를 다시 쌓기 시작했습니다.

그렇지! 장하다~

할짝

질척

오물

오물

똑똑하다
니까….

에이타로의
무서운 점은
'목소리'….
낮고 커.
짖으면
움츠러
들어.

아름다운
옆모습…

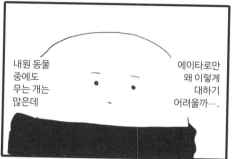

내원 동물
중에도
무는 개는
많은데

에이타로만
왜 이렇게
대하기
어려울까….

그리고 '눈'.

영롱하고
올곧고
강인하고….
미숙한 나를
전부
꿰뚫어보는
듯한….

다른 애들은
만질 수 있는데….

미숙한
나를….

어?
진짜 왜지?

산책 중
휴식

뭐가
달라서?

앗.

깨달음

알 것 같아!!

나한테 에이타로는 이 병원의 '선배'라서

'눈'이 신경 쓰였던 거야.

몬지로는 '동기'고

다이아는 '후배(?)'

처음부터 모든 행동을 평가당했으니까.

에이타로는 '선배'야!

어쩌면 아직 간호사로 인정받지 못한 게 아닐까 하는 생각이 들어서….

그렇다면….

벌떡

벌떡

에이
타로.

나, 좀 더
자신감을
가질 수
있도록
노력할게.

자신 있게
에이타로를
돌볼 수 있는
간호사가
꼭 될 테니까.

포기하지
않을
테니까.

…그렇다면
우는
대선배구나….

압도된다…

와삭

와삭

언젠가
인정해줘.

두 번째 봄

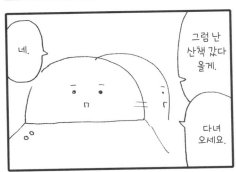

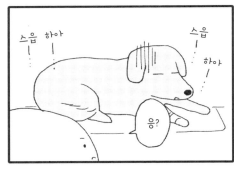

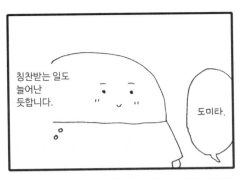

칭찬받는 일도
늘어난
듯합니다.

도미타.

잠깐
괜찮아?
타로 링거 좀
도와줘~

좋아~

아직 실수도
많지만

타로 씨♡
자, 오늘의 식사

조금씩
성장하고
있는
걸까요?

악

꽈

아얏!

⋯

타로 선배
죄송합니다
제가
우쭐했습니다

오늘도 또 하루가

이곳엔 매일 많은 동물이 찾아옵니다.

우와~ 다 먹었네!

이거 맛있었어?

동물은 사람의 말을 할 수 없어요.

강아지, 아기 고양이, 나이 든 아이,

얌전한 아이, 난폭한 아이,

그래서 때로는 마음처럼 되지 않아 서운하기도 하지만…

휘익

으

앗

연 1회 건강검진으로 오는 아이,

중병으로 통원 치료를 하는 아이….

부탁이야, 가만히 있어줘.

귀 가려운 거 없어질 거야!

다들 누군가의 소중한 동물입니다.

오?

오오…?

멈칫

그런 만큼 마음이 통했을 때 무척 기뻐요.

동물이
좋아서
이 일을
선택했습니다.

굿모닝~

도미타 씨,
지금
바빠?

아,
괜찮아요.
제가
갈게요.

좋아하기에
힘든 일도
있었지요.

콕

콕

그때마다
눈에 보인 건

콕

콕

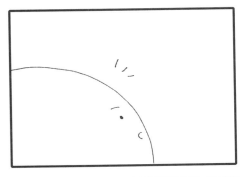

매일매일
열심히
살아가는
동물들의
모습이었어요.

비닐
필요
하지?

자, 간식.

고맙습니다!

다녀올게요!

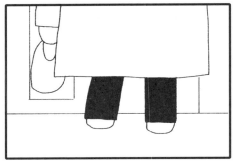

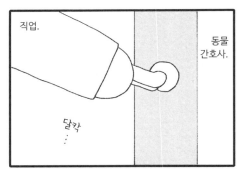

직업.

동물 간호사.

달칵

...

오늘도 하루가 시작됩니다.

안녕! 산책 갈까?

멍냥 동물병원

멍냥동물병원

에필로그

이 책을 선택해주시고 읽어주셔서 고맙습니다. 도미타 키비입니다. 첫 사회 생활을 동물 간호사로 시작하고, 몇 년 후에 당시의 일을 만화로 그려서 책을 내니 '경험은 다 이어져 있구나'라는 생각이 많이 드네요. 동물도, 만화나 그림 그리기도 어릴 때부터 제가 줄곧 소중히 여기고 좋아했던 것이었습니다.

어쩔 수 없이 사람보다 빨리 나이를 먹는 동물들의 일상 중에서 사소한 행동이나 버릇, 재미있었던 일. 그런 작고 사랑스러운 순간이 분명히 있었음을 기억하고픈 마음으로 이 만화를 그렸어요.

몇 년 전 이야기라, 개중에는 의료적인 면에서 구식으로 느껴지는 부분도 있지 않을까…? 하는 걱정도 살짝 했습니다. 하지만 '업무 관련 책'이라기보다는 '동물들 하나하나가 열심히 살았던 이야기를 그린 책'이라는 느낌으로 가볍게 읽어주시면 기쁘겠습니다.

또한 출판을 맞이하여 이야기를 들어준 친구들, 이 만화를 발견해준 출판사, 제가 기억 못 한 부분까지 당시의 일을 들려준 아즈마, 하나부터 열까지 신세만 진 담당자 S씨, M씨. 그 외에도 출판에 힘을 보태주신 모든 분들께 이 자리를 빌려 진심으로 감사 말씀을 드립니다. 첫 책이라 부족한 부분도 많지만, 여기까지 읽어주셔서 정말 고맙습니다.

INU NEKO DOBUTSU BYOIN NIKKI

© Kibi Tomita 2019

First published in Japan in 2019 by KADOKAWA CORPORATION, Tokyo.

Korean translation copyright © 2020 by E*PUBLIC

Korean translation rights arranged with KADOKAWA CORPORATION, Tokyo through BC Agency.

어서 오세요,
멍냥 동물병원입니다

초판 1쇄 발행   2020년 1월 10일
초판 2쇄 발행   2020년 2월 7일

지은이   도미타 키비
옮긴이   현승희
펴낸이   유성권
편집장   양선우
책임편집   백주영   편집   신혜진 윤경선
해외저작권 정지현   홍보   최예름   디자인   오성민
마케팅   김선우 박희준 김민석 박혜민 김민지
제작   장재균   물류   김성훈 고창규
펴낸곳   ㈜ 이퍼블릭
출판등록   1970년 7월 28일, 제1-170호
주소   서울시 양천구 목동서로 211 범문빌딩 (07995)
대표전화   02-2653-5131 | 팩스 02-2653-2455
메일   loginbook@epublic.co.kr
포스트   post.naver.com/epubliclogin
홈페이지   www.loginbook.com

이 도서의 국립중앙도서관 출판예정도서목록(CIP)은 서지정보유통지원시스템 홈페이지(http://seoji.nl.go.kr)와
국가자료공동목록시스템(http://www.nl.go.kr/kolisnet)에서 이용하실수 있습니다.(CIP제어번호:2019049802)